Comment la Terre
est devenue ronde

Mitsumasa Anno

Comment la Terre
est devenue ronde

❈

Traduit du japonais par Yoko Kimura
et adapté par Christian Poslaniec

lutin poche de l'école des loisirs
11, rue de Sèvres, Paris 6ᵉ

ISBN 978-2-211-21158-1
Première édition dans la collection *lutin poche* : décembre 2012
© 1982, l'école des loisirs, Paris, pour l'édition en langue française
© 1979, Fukuinkan Shoten Publishers, Tokyo
Titre original : « Kuso Kobo »
Loi numéro 49 956 du 16 juillet 1949 sur les publications
destinées à la jeunesse : mars 1982
Dépôt légal : décembre 2012
Imprimé en France par I.M.E. à Baume-les-Dames

Il y avait un petit pays…
avec des gens, et au-dessus d'eux le Soleil.
Il y avait ceux qui chassaient les animaux dans les bois.
Il y avait ceux qui pêchaient les poissons dans la mer.
Il y avait ceux qui semaient le grain pour faire pousser le blé.

Quand le Soleil se couchait, ils priaient.
Ils priaient pour éviter la sécheresse, les tremblements de terre,
les maladies terribles qui ravageaient le pays.
Ils priaient pour détourner tous les dangers que l'homme, seul, ne peut éviter.

La nuit, la Lune brillait dans le ciel.
Toute ronde d'abord, elle s'amenuisait chaque nuit,
jusqu'à disparaître tout à fait.
Pourquoi la Lune grandit-elle ? diminue-t-elle ?
D'où vient-elle et où va-t-elle ? Personne ne le savait.

Ce qu'on savait, c'était qu'en marchant longtemps,
très longtemps, on finissait par atteindre la mer.
Mais que trouverait-on si l'on allait plus loin, plus loin au-delà de cette mer ?
Sans doute le bout de la Terre, là où l'océan se vide en cataracte.
Rien que d'y penser, c'est effrayant !

Par les nuits sans Lune, il y avait des étoiles, plein d'étoiles
qui se déplaçaient en scintillant dans le ciel.
En les regardant, tout le monde se persuadait
qu'elles étaient des divinités bienveillantes.

On en vint à croire que les étoiles non seulement pouvaient voir
tout ce que l'homme faisait de bon ou de mauvais,
mais qu'elles connaissaient aussi l'avenir.
Les astronomes étudièrent avec passion le mouvement des étoiles
pour savoir ce que l'avenir réservait.
Les astronomes de ce pays étaient aussi des astrologues.

Quand les gens voyaient des étoiles filantes, ils croyaient qu'elles allaient tomber
quelque part dans leur pays. Ils pensaient que, s'ils pouvaient les ramasser, ils en feraient
un collier aussi brillant que des diamants. Mais pourquoi le Soleil et la Lune ne tombaient-il
pas également ? L'astrologue disait : « Il y a une immense voûte et les étoiles y sont collées.
C'est ce vaste bol renversé qui tourne. »
« Mais pourquoi le Soleil et la Lune ne tournent-ils pas en même temps ?
Ce devrait être tout pareil. »

«C'est parce que le Soleil et la Lune ne sont pas collés sur la même voûte.
Il y en a plusieurs superposées comme les peaux d'un oignon», expliquait l'astrologue.
«Mais pourquoi ne peut-on voir ces voûtes?»
«C'est», disait l'astrologue, «qu'elles sont transparentes comme le verre.»
«Et qui donc fait tourner ces voûtes?»
«Ce sont les divinités, bien sûr», répondait l'astrologue.
Alors plus personne ne posait de questions.

Les réponses de l'astrologue rassuraient tout le monde.
Pourtant, longtemps auparavant, un savant hors du commun avait déclaré :
« Le ciel ne tourne pas, c'est notre Terre qui tourne. »
Il l'avait écrit dans un livre mais personne ne l'avait cru.
C'était un livre manuscrit car l'imprimerie n'existait pas.
Et d'ailleurs, comme presque personne ne savait ce qu'était un livre,
autant dire que les livres n'existaient pas…

... et les écoles non plus. Ou plutôt, comme il n'y en avait guère plus de dix
de par le monde, autant dire que les écoles n'existaient pas.
Toutefois, pour pouvoir retenir ce qu'on ne doit pas oublier, il fallait pouvoir l'écrire.
Mais, presque personne ne sachant lire, autant dire que l'écriture n'existait pas.
L'imprimerie fut inventée beaucoup plus tard et il fallut énormément
de temps pour qu'on publie des livres et que les gens apprennent à lire.

La maison des dieux, c'est le paradis. En enfer, il y a le diable.

Le diable se sert des hommes pour faire le mal. C'est le sorcier le complice du diable...

Les sorciers volent dans le ciel sur des balais et ils se réunissent pour discuter du mal qu'ils feront aux hommes.

Mais qui a jamais vu un sorcier voler sur un balai ?

Personne, mais les gens y croyaient!
Un jour surgit la peste, la maladie du diable.
«Il y a là-dessous un ami de Satan», dirent les habitants.
«Car de lui-même un homme n'en tuerait pas un autre
qui ne lui a rien fait.»

Il y eut la peste, de mauvaises récoltes, les vaches mourant de maladie, et là-dessus la sécheresse. «Tout cela c'est la faute d'un sorcier», pensaient les gens.
«Il n'y a qu'à le découvrir et puis l'exécuter.»
Mais qui était-il, ce sorcier? Même si les gens le trouvaient,
comment pourraient-ils prouver qu'il s'agissait bien d'un sorcier?
Il faudrait pour cela qu'on le voie s'envoler sur son balai.

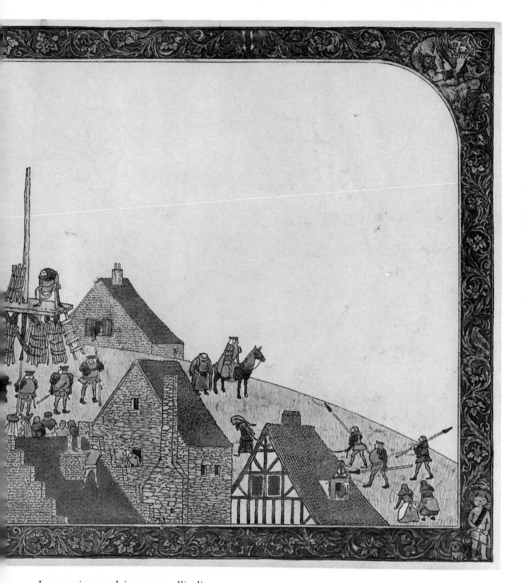

Les sorciers ne laissent pas d'indices.

Quand on ne trouve pas d'indices, ça prouve qu'il s'agit d'un sorcier !

N'importe qui pouvait donc être exécuté même s'il n'était pas sorcier.

Le microscope, alors, n'étant pas inventé, personne ne savait que la peste était causée par un microbe si petit qu'il est invisible à l'œil nu.

Peur de la peste, peur des sorciers et du diable : le monde était plein de choses effrayantes. Mais le plus effrayant c'était encore la mort.

Personne n'était plus fort que la mort, pas même le roi, et tout le monde espérait qu'un élixir de longue vie existait. On essayait d'en fabriquer en faisant sécher des écorces, des herbes, des racines et en les mélangeant.

«Cet élixir doit bien exister quelque part», pensaient les gens.
«Peut-être au sommet d'une haute montagne, tout au fond de l'océan
ou dans un pays très lointain. Il se peut même qu'un sorcier le sache!»

Un jour, un roi demanda aux dieux : « Faites que tout ce que je touche devienne de l'or. » Les dieux l'exaucèrent. Au moment du repas, le roi toucha le pain : le pain se changea en or. Effaré, le roi toucha la reine : la reine se changea en or. Le roi demanda aux dieux de tout remettre comme avant.

Ce n'est qu'un conte, mais alors certaines gens rêvaient de tout changer en or : les alchimistes.

D'abord ils tentèrent de mélanger du mercure et du fer dans une casserole
qu'on appelle un creuset. Ça ne réussit pas.
«Essayons autre chose.»
Ils firent cuire ensemble plein de choses diverses dans cette casserole, en chuchotant
des mots secrets. Cent fois ils mélangèrent cent choses différentes, mais nul ne réussit
à fabriquer de l'or.

En ces temps-là, il y avait un homme qui aimait l'aventure.
Il avait voyagé dans des pays lointains où personne n'était allé.
Il raconta l'histoire d'un immense pays de sable fin où l'on voyageait sur le dos
d'un animal nommé «chameau».
Il raconta aussi qu'ailleurs il avait vu une espèce d'ours blanc au tour des yeux noir.

Mais ses histoires étaient tellement bizarres qu'on le traitait de vantard.
Enfin de compte on ne l'écouta plus.
Les gens croyaient seulement à un pays plein d'or.

Les marins, eux, disaient : «C'est bien possible que la Terre soit ronde. Quand un bateau se montre à l'horizon, on aperçoit d'abord ses mâts. Si la mer était plate, on le verrait tout entier du premier coup.»

Certains de ces marins qui aimaient l'aventure s'en allaient déjà loin
sans s'éloigner des côtes. Ils pouvaient donc penser qu'il y avait, très loin,
des pays inconnus avec des gens étranges.
Et ces marins disaient qu'il pouvait exister un pays aux toits d'or.

Alors un astronome d'une région du Nord prit le risque de dire que la Terre était ronde, qu'elle tournait dans le ciel et non pas les étoiles.
«Ainsi la Terre serait ronde?» Pourquoi pas? Les marins le disaient aussi.
Mais si la Terre est ronde, les habitants, à l'opposé, vivent la tête en bas!
Et les arbres, là-bas, ont leurs racines en l'air et leurs branches en terre!

Alors comment pouvait-on croire qu'il y avait des habitants à l'opposé de la Terre ?
D'ailleurs, si vous faites aujourd'hui tourner un parapluie sous l'averse,
vous voyez que les gouttelettes sont projetées de tous côtés.
L'astronome, sans doute, ne disait pas la vérité.

Il y avait un moine qui étudiait l'astronomie et qui réfléchissait beaucoup.
«L'astronome du Nord a raison, le Soleil ne bouge pas, c'est la Terre qui tourne.
Tout ce que nous avons cru si longtemps est faux.»
Et il commença à répandre ces idées nouvelles.
Un astronome du Sud observa le ciel avec un télescope et dit à son tour :
«L'astronome du Nord a raison, la Terre est ronde et elle tourne.»

Le Soleil serait donc immobile ?
Comme on n'y croyait pas, on les accusa d'essayer de tromper les gens.
Le moine ne voulut pas changer d'idée : il fut brûlé sur un bûcher.
L'astronome du Nord mourut de maladie.
L'astronome du Sud passa en jugement et il dut déclarer : « Ce que je disais était faux. »

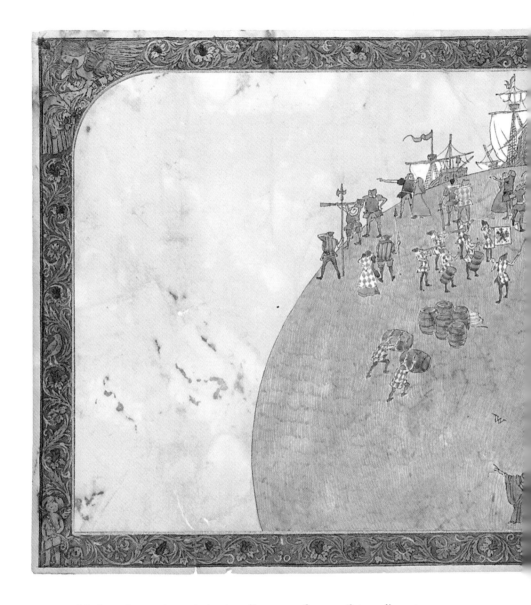

Un jour, des marins qui aimaient l'aventure firent voile vers l'ouest.
« Puisque la Terre est ronde, en partant vers l'ouest, on finira par revenir à l'est.
Et à l'est, on trouvera le pays plein d'or », pensaient-ils.
Un autre se disait : « Si je vais vers l'ouest, je trouverai un pays riche en épices
et j'en ramasserai beaucoup. »

Si, en partant vers l'ouest, on finit par arriver dans les pays de l'Est avant de revenir à son point de départ, n'est-ce pas la vraie preuve que la Terre est bien ronde ?

Admettons que la Terre est ronde et que des gens vivent à l'opposé.
Quand le Soleil se couche à l'ouest on peut penser que, de l'autre côté, il se lève à l'est.
Supposons que le Soleil ne se déplace pas et que c'est la Terre qui tourne vers l'est :
on obtient le même résultat !
Penser que la Terre, une fois par jour, tourne sur elle-même, défie l'imagination.

Alors, que dire du Soleil si c'était lui qui tournait ? Il devrait effectuer un gigantesque tour.
Sans parler des étoiles qui sont encore plus loin.
Pour faire pareil tour, une fois par jour, le Soleil devrait aller à une vitesse inimaginable.
Plus vite encore que la lumière.
Alors n'est-il pas raisonnable de croire que c'est la Terre qui se déplace ?

Même en ouvrant grand les yeux, on ne pouvait voir la Terre tourner.
Mais un savant avait fabriqué un énorme pendule avec un poids très lourd
au bout d'un fil très long.
Il mit le pendule en mouvement et que se passa-t-il ?

Le pendule modifia insensiblement la direction de son balancement,
si bien que, le lendemain, il avait fait un tour complet
sans que personne l'ait touché.
Était-ce la preuve que la Terre tourne ?

Mais si le ciel ne bougeait pas, si c'était la Terre qui tournait,
quel tumulte cela ferait!
Comme si le ciel était tombé sur terre!
Comment justifier alors l'exécution du moine bizarre?
Et le procès de l'astronome du Sud?

Et ce n'était pas tout, car tout ce qu'on pensait jusque-là serait erroné.
Notre Terre tournerait ? Est-ce vraiment possible ?
Le bateau des aventuriers avait pris la mer.
Partant vers l'ouest, reviendrait-il à l'est ?

Alors les gens se mirent à prier:
«J'espère que mon père reviendra sain et sauf.»
«J'espère que mon frère reviendra sain et sauf.»
«J'espère que mon fils reviendra sain et sauf.»

«J'espère qu'ils ne tomberont pas au fond de l'enfer
en arrivant au bout du monde.»
«Protégez-les, je vous en prie, mon Dieu!»

44

ANNO 1979

42

43

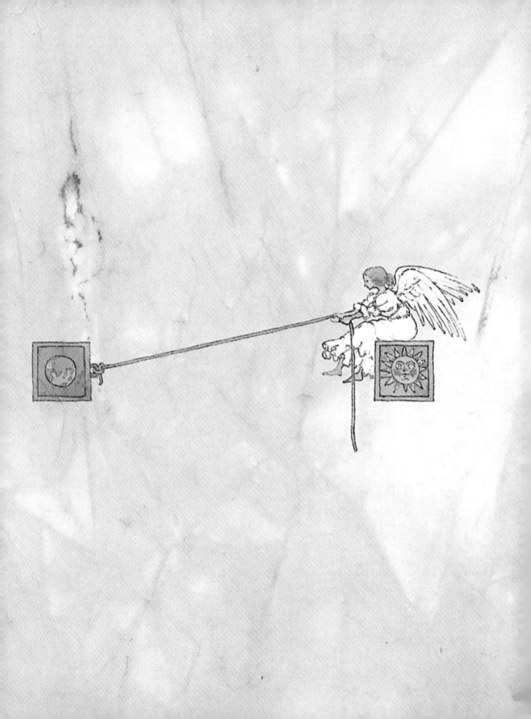

Commentaires de l'auteur

J'aurais pu donner à mon livre un titre plus long. J'aurais pu l'appeler: *Comment le peuple qui vivait à l'ère de la théorie de Ptolémée voyait son univers*, car c'est de cela qu'il est question.

L'intention de ce livre est de montrer que le passage d'une vision de l'univers à une autre constitua littéralement un changement d'époque. À cette occasion nous sommes entrés dans une nouvelle ère, scientifique. Un mode de pensée s'achevait, un autre commençait.

Aujourd'hui c'est bien connu que la Terre est ronde et qu'elle tourne autour du Soleil, et non l'inverse. Mais ces faits n'ont pas toujours été connus. Les gens qui vivaient autrefois ne pouvaient pas comprendre leur monde comme nous aujourd'hui en nous retournant vers le passé. Ils ne pouvaient qu'imaginer ce à quoi ressemble la Terre. On peut penser qu'ils faisaient beaucoup d'erreurs mais, avec leur façon très différente de voir les choses, ce n'était pas du tout des erreurs. La théorie de Ptolémée naquit de la croyance très simple selon laquelle, la Terre étant immobile, le Soleil tournait autour d'elle… et sans cette théorie de base, nous n'aurions jamais pu aboutir à la vérité (tout à fait différente) que nous connaissons aujourd'hui.

L'ère de Ptolémée a été une étape essentielle dans le développement de notre connaissance de l'univers. Selon la théorie de Ptolémée, la Terre est au cœur de tout l'univers qui peut être conçu comme une énorme sphère qui tourne lentement. Quand nous regardons le ciel, nous voyons la couche interne de la sphère avec les étoiles et les autres corps célestes fixés dessus comme des bijoux dans leur monture. La sphère se déplace et les étoiles qui y sont fixées bougent aussi. Cependant, le Soleil et la Lune, ainsi que Vénus, Mars et les autres planètes, sont vus dans des positions différentes chaque jour. Comme ils ne peuvent pas flotter dans l'air librement, c'est donc qu'ils doivent être attachés à d'autres sphères transparentes… et comme les planètes ne bougent ni selon le même schéma ni au même rythme, il faut admettre qu'il y a autant de sphères que de planètes.

Ce sont là les principes qui sous-tendent la théorie de Ptolémée et, dans le contexte de son temps, cette théorie peut être qualifiée de juste car elle était fondée sur les résultats d'observations astronomiques soigneuses et détaillées.

Les astronomes observèrent la planète Saturne et remarquèrent qu'elle se déplaçait bizarrement… D'abord en avant, puis elle s'arrêtait un peu, repartait vers sa position d'origine puis en avant de nouveau. L'un d'eux, Apollonius, expliqua ce curieux effet par le «mouvement qui conjugue un épicycle et un cercle excentrique», ce qui signifie que pendant que la planète se déplace sur son petit trajet circulaire, ou épicycle, elle est en même temps en orbite autour de la Terre sur un grand trajet circulaire dont la Terre n'est pas le centre.

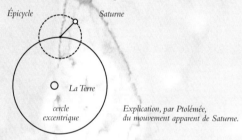

Explication, par Ptolémée, du mouvement apparent de Saturne.

Ptolémée d'Alexandrie a utilisé cette explication vers 130 après J.-C. dans son *Almageste*, ouvrage important en trente volumes décrivant sa théorie. On y apprend que, pour démontrer les mouvements des planètes, il utilisa plus de quatre-vingts boules de verre… ce qui nous prouve que sa conception de l'univers était plutôt complexe bien qu'il vécût à l'époque où on croyait encore aux démons.

Presque quatorze siècles plus tard, le savant polonais Nicolas Copernic, à qui on demandait pourquoi les planètes effectuaient toujours les mêmes trajectoires, déclarait que c'était Dieu qui l'avait voulu ainsi. Cependant, ce fut ce même Copernic qui abandonna le premier l'idée d'épicycle et de cercle excentrique chère à Ptolémée, en découvrant que le phénomène de rétrogradation de Saturne était provoqué par le fait que la Terre se déplace plus vite, rattrape et dépasse Saturne, alors que les deux planètes sont en orbite autour du Soleil. Pour élaborer cette théorie, Copernic écrivit un livre : *Des révolutions des orbes célestes*, mais ce ne fut pas avant 1543, alors qu'il était sur son lit de mort, que son livre parut.

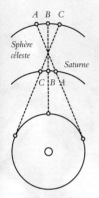

Sphère céleste

Saturne

Explication, par Copernic, du mouvement apparent de Saturne.

Un moine dominicain, Giordano Bruno, qui avait abandonné son ordre pour devenir un fervent disciple de Copernic, parcourut le pays pour enseigner sa théorie à tous ceux qui voulaient bien l'écouter. Mais, à cette époque, de telles idées étaient contraires à la vérité biblique et aux enseignements de l'Église… aussi, le 17 février 1600, Bruno fut-il brûlé à Rome, sur le Campo dei Fiori.

Voilà un exemple terrible de la façon dont la superstition ou les croyances erronées ont si souvent arrêté la recherche de la vérité scientifique.

En 1616, Galilée, qui avait observé dans un télescope les mouvements de quatre satellites autour de Jupiter et qui croyait à la véracité de la théorie de Copernic, fut traduit devant un tribunal religieux et accusé d'hérésie. Aujourd'hui nous ne pouvons pas admettre la mort d'hommes tels que Bruno, ou le traitement infligé à Galilée, qui fut forcé de renier sa propre vérité et de dire que c'était un mensonge. Nous ne pouvons que regretter l'accomplissement de telles choses dans la lutte farouche entre religion et science. Mais si nous imaginons ce que la vie devait être à cette époque, nous pouvons peut-être comprendre plus facilement pourquoi l'Église avait l'esprit si étroit et agissait si durement en ce temps-là.

Le monde était terriblement préoccupé par des pratiques suspectes et même dangereuses, l'astrologie, l'alchimie et la magie ; les envoûtements, les sorts et les invocations. Aucun des instruments nécessaires à une compréhension plus juste de l'univers n'avait encore été inventé. Il n'y avait pas de microscopes ; il était donc impossible à quiconque de découvrir que la peste, par exemple, était provoquée par des bactéries. À cette époque ça ne pouvait être attribué qu'au diable.

Quatre cents ans sont passés depuis la condamnation à mort de Bruno… et maintenant tout le monde sait que la Terre tourne autour du Soleil. Même le plus petit enfant sait que la Terre est ronde. C'est une époque où les hommes vont sur la Lune et en reviennent.

Mais serait-il vrai de dire que tout le monde comprend *réellement* la théorie de Copernic ?

Arrivé à ce point, il est nécessaire de réfléchir pour distinguer ce que nous savons de ce que nous comprenons. Nous pouvons savoir, d'après la théorie de Copernic, que la Terre est ronde et qu'elle tourne parmi les autres planètes, simplement parce qu'on nous a dit que c'était ainsi ; le travail de découverte a été fait pour nous.

Or, même si c'est quelque chose qu'on peut très bien comprendre, on ne peut plus croire à des faits basés sur la superstition, sur de vieilles histoires et conjectures ; on ne peut plus croire à l'astrologie et à la magie. Pouvons-nous comprendre alors ce que c'était de vivre à cette époque-là, quand ces vieilles croyances remplaçaient les faits ?

Quand Copernic fit sa découverte, cela a dû être un événement effrayant pour lui. Il savait que son époque ne pourrait jamais ni l'accepter ni la comprendre. Pouvons-nous ressentir ce que Galilée a ressenti à l'âge de soixante-dix ans, lorsqu'il a dû s'agenouiller devant un tribunal ignorant, pour jurer que c'était un mensonge alors qu'il était sûr de l'exactitude de ce qu'il disait ? Pouvons-nous nous mettre à la place de Bruno qui maintint ses convictions et mourut pour elles ?

C'est pour cette raison que j'ai écrit ce livre, dans l'espoir que les lecteurs qui ont regardé un globe terrestre, et qui savent déjà que la Terre est ronde, comprennent et sentent aussi maintenant, au moins dans l'instant présent, l'étonnement et le choc que les gens du monde médiéval ont dû connaître lorsque Copernic menaça pour la première fois leurs croyances longtemps chéries, avec sa théorie.

Mitsumasa Anno

Chronologie

432 av. J.-C. À Athènes, en Grèce, le Parthénon est achevé.

332 av. J.-C. Alexandre le Grand fonde la ville d'Alexandrie, en Égypte. Athènes et Alexandrie deviennent des centres d'études renommés pour leurs savants comme les mathématiciens Pythagore et Euclide, le physicien Archimède et aussi Aristote, qu'on a surnommé le «père des érudits». Pendant près de huit cents ans, à travers toute l'ère romaine jusqu'au début du Moyen Âge, l'influence de la civilisation grecque prédomine. Avant la naissance du Christ, de nombreux astronomes font des découvertes ; il ne faut pas les ignorer.

276-194 av. J.-C. Ératosthène calcule les dimensions de la Terre.

280 av. J.-C. environ Aristarque établit une théorie de la rotation des planètes autour du Soleil.

190-125 av. J.-C. Hipparque fait des observations précises et détaillées sur le ciel.

29 Crucifixion de Jésus-Christ.

150 environ Ptolémée termine l'*Almageste* en trente volumes. Cette œuvre considérable soutient que les autres planètes tournent autour de la Terre. Approuvée par l'Église, elle reste le fondement de l'astronomie durant tout le Moyen Âge.

641 Chute d'Alexandrie en tant que centre de recherches. Avec l'incendie de la grande bibliothèque s'achève la période de la suprématie grecque.

Du VIIᵉ au Xᵉ siècle, alors que l'Europe s'enfonce dans les ténèbres du Moyen Âge, la culture arabe entre dans son âge d'or. En provenance de l'Asie, l'usage du papier et l'alchimie pénètrent en Europe.

1096 Début des croisades contre les Sarrazins pour libérer la Terre sainte.

1265 Naissance de Dante Alighieri. La vision du monde qu'il présente dans *La Divine Comédie* s'appuie sur les théories de Ptolémée.

1271 Marco Polo (1254-1324) commence son voyage vers l'est. Il revient en 1295. C'est le début des échanges culturels entre l'Est et l'Ouest.

1348-1451 La peste se répand en Europe.

Aux XIVᵉ, XVᵉ et XVIᵉ siècles, la croyance aux sorcières est extrêmement répandue. On dit que pendant cette période 300 000 personnes au moins sont accusées de sorcellerie et exécutées. Nul n'est à l'abri de ce genre d'accusation. Même la mère de l'astronome Kepler est soupçonnée d'être une sorcière.

1450 Gutenberg (1400?-1468) invente la presse à imprimer.

1452 Naissance de Léonard de Vinci (mort en 1519).

1453 Chute de Constantinople. C'est la fin de l'empire romain d'Orient et, du coup, c'est l'ascension des villes italiennes en tant que centres culturels et universitaires. Les traditions culturelles et l'enseignement, hérités de la Grèce antique par l'intermédiaire des Byzantins, sont remis à l'honneur. L'apparition d'une pensée scientifique moderne est favorisée par l'effondrement de la conception médiévale de la nature. On appelle cette période la Renaissance.

1492 Christophe Colomb fait voile vers le «Nouveau Monde».

1498 Vasco de Gama (1469-1524) double le cap de Bonne-Espérance et fait route vers l'Inde.

1517 Martin Luther prêche la Réforme.

1519 Magellan fait le tour du monde.

1543 Nicolas Copernic (1473-1543) affirme que la Terre tourne autour du Soleil. Son livre, *Des révolutions des orbes célestes*, n'est publié qu'à la fin de sa vie.

1572 Tycho Brahé (1546-1601) découvre de nouvelles étoiles.

1597 Johannes Kepler (1571-1630) commence à étudier la révolution de Mars.

1600 Giordano Bruno (1548-1600), le moine dominicain qui est un ardent défenseur de la théorie copernicienne, est brûlé comme hérétique.

1616 Galileo Galilei, en français Galilée (1564-1642), est traduit devant un tribunal religieux et doit renier la théorie de Copernic qu'il pense juste.

1632 *Le Dialogue sur les deux grands systèmes du monde* de Galilée est publié. Son auteur est de nouveau traduit devant un tribunal et obligé une nouvelle fois de renier la théorie de Copernic.

1642 Mort de Galilée. Naissance d'Isaac Newton (mort en 1727).

1687 Newton découvre la loi de la gravitation qui confirme la théorie de Copernic.

1835 Le pape autorise la publication des livres de Copernic et de Galilée, approuvant, de ce fait, la théorie copernicienne.

1851 Le physicien français Léon Foucault (1819-1868) fait sa célèbre expérience. Il construit un pendule géant et observe comment son orientation change peu à peu tandis qu'il oscille d'avant en arrière. Au bout de vingt-quatre heures, le pendule a effectué un tour complet.

1969 Le 20 juillet, les astronautes américains Neil Armstrong et Edwin Aldrin sont les premiers hommes à poser le pied sur la Lune.

N.B. *Pour une meilleure compréhension de l'évolution des idées, nous avons préféré prendre, dans l'histoire que nous avons racontée, quelques libertés vis-à-vis de la présente chronologie.*

ANNO
MCMLXXIX